KB108589

소풍 나온 삶처럼

소풍 나온 삶처럼

발행일 2022년 10월 24일

지은이 서희 이다경
펴낸이 손형국
펴낸곳 (주)북랩
편집인 선일영 편집 정두철, 배진용, 김현아, 장하영, 류휘석
디자인 이현수, 김민하, 김영주, 안유경, 최성경 제작 박기성, 황동현, 구성우, 권태련
마케팅 김회란, 박진관
출판등록 2004. 12. 1(제2012-000051호)
주소 서울특별시 금천구 가산디지털 1로 168, 우림라이온스밸리 B동 B113~114호, C동 B101호
홈페이지 www.book.co.kr
전화번호 (02)2026-5777 팩스 (02)2026-5747

ISBN 979-11-6836-538-4 03810 (종이책) 979-11-6836-539-1 05810 (전자책)

소풍 나온 삶처럼

서희 이다경

북랩

1부

내 삶이라 하네

/

아들 오는 날 • 12
엄마가 있는 집 • 14
나의 소중한 이쁜 딸! • 16
소풍 나온 삶이고 싶어라! • 17
그리움 바람 되어 • 20
소주 한 잔 앞에 두고 • 22
새끼를 보내고 온 날 • 24
세상에서 젤 좋은 약 • 26
옷들의 수다 • 29
나는 이런 사람입니다 • 32
우렁각시 • 34
민용 • 36
담소 • 38
가슴이 따뜻한 사람 • 40
봄바람이 불어온다 • 42
에미 • 44
산복도로의 불빛 • 46
불면증 • 48
못다 핀 꽃 한 송이 • 50
울 엄마는 • 52
내리사랑 • 54
내 삶이라 하네 • 56

2부

눈부신 가을 어느 날

/

우리 엄마 • 60
내 안에 • 61
가슴으로 만나는 사람 • 62
숨바꼭질 • 64
나 • 65
이상한 세상 • 66
천상 여자이고 싶었습니다 • 68
시간이 되돌아가다 • 70
나를 위한 기도 • 74
가슴과 머리의 갈등 • 76
덤으로 사는 하루 • 78
가을 • 80
절망과 이별하다 • 81
감사의 기도 • 82
울 이쁜 딸은 • 84
엄마의 나이 그리고 내 나이 • 86
가을 사랑 • 88
내 맘의 위안 길 산복도로 • 90
눈부신 가을 어느 날 • 92
그리움이 풀리는 날 • 93

3부

비에 눈물을 감추다

/

바람의 느낌 • 96
친구야 • 97
그해 겨울도 따뜻했었는데 • 98
타인의 눈물 위에 진정한 행복은 없다 • 100
비에 눈물을 감추다 • 102
내리사랑 2 • 104
편지 • 106
세월아! 조금 천천히 가주렴 • 107
꿈 • 110
내림굿 • 111
비 내리는 날 • 112
양심 • 113
상념 • 116
부항 • 117
희망의 봄 • 118
봄바람이 났나 봐 • 120
변덕쟁이 나 • 122
그리움의 중독 • 124
빈 마음 • 126

4부
망각수

/

장이 열리다 • 130
못다 핀 꽃 한 송이 2 • 132
춘정에 몸이 달다 • 134
망각수 • 135
보고 싶다 • 138
복사 꽃잎 날리던 날 • 140
사진 속의 너 • 142
석양의 아픔 • 144
술 • 145
요정 • 146
엇갈린 꿈속 • 147
만인의 연인(화류계 꽃) • 148
해 질 녘 • 150
물난리 • 152
세월 • 154
우리 엄마 • 155
소나기 • 158
가을엔 • 160
가위눌림 • 162

5부

소풍 나온 삶처럼

/

길냥이 • 166

앰뷸런스 • 167

비 오는 어느 날 엄마가 보고 싶어서 • 170

마지막 잎새 • 172

퇴근길 • 174

가을이 그려낸 그림 • 176

기절 • 178

갱년기 • 180

얄미운 겨울 • 182

한파 • 184

나를 안아준다 • 186

글별이 쏟아지네 내 세상에서 • 188

여자의 일생 • 190

바람 속으로 세월을 보내며 • 191

빈 껍데기와 알맹이 • 194

변덕스러운 마음 • 196

부모의 그늘 • 198

버스 정류장에서 • 200

치매 • 202

남포동에 어둠이 내린다 • 204

보름달 • 206

동지 팥죽 • 208

소풍 나온 삶처럼 • 210

1부

내 삶이라 하네

아들 오는 날

털털털 탁탁탁
장바구니 구루마를 끌고 가는
발걸음이 날아간다
월화수목금
숨소리마저 크게 들리던
조용했던 우리 집이
금요일만 되면 분주하다
부스스한 머리도 곱게 빗고
살짝 바른 립스틱에
혈색마저 살아있다
또르르 샤사삭
이번에는 뭘 해주면 잘 먹을까
눈으로 고르느라
눈이 바쁘다

웃는 것마저 아껴두었다
꺼내어 쓰는 것처럼
얼굴이 활짝 핀 꽃처럼
화사하게 웃고 있다
엄마는 껍데기니까

엄마가 있는 집

집을 떠나 살고 있는
아이들은 가끔씩
집에 가고 싶다, 라고
말을 한다
도시에 따로 떨어진 지
오래된 큰아이는
엄마가 살고 있는 집보다
자기만의 자취방이
더 오래되었건만
그래도
집에 가고 싶어 엄마
노래하듯 말을 한다
군대 간 아들도
전화가 올 때마다
아~ 집에 가고 싶다
어리광 부리듯 한 번씩
말을 한다

이곳으로 이사와서는
얼마 안 있다가
대학교 기숙사에 살다가
군에 입대한 아들은
이곳이 낯설지도 모른다
그래도
집에 가고 싶어 엄마
푸념하듯 말을 한다
엄마 품 떠나온 지
어느새 삼십삼 년
불현듯 차오른다
서울집에 가고 싶다고
웅얼거린다
집에 가고 싶다는 건
엄마가 있기에
단지 꼭 집에 가고 싶은 게
아닐지도 모른다
그곳에 울 엄마가 있으니까
그래서
집에 가고 싶은 거다
이곳에 내가 있는 것처럼…

나의 소중한 이쁜 딸!

초등학교 가방 메고
입학한 게 얼마 안 된 듯한데
올해 벌써
스물하고도 여섯 살이라니…
어려서부터 야무지고
똑 부러지게 질문도 많이
하더니…
일찍 내 품을 떠나 사는 것도
엄마보다 나은 내 딸…
행복해야지…
언제나 웃을 수 있게…
사랑해~

소풍 나온 삶이고 싶어라!

쇠털같이 많은 날
흐르는 물 같은 세월 속에
나를 그냥 던져버릴 수는 없는 걸까

가끔은 산다는 게
숨쉬기조차 힘들어
몸속 깊숙한 곳에 있는
공기를 끌어내어
바튼 숨을 내쉬어 보지만
온몸에 벌레라도 기어 다니듯
스멀스멀한 그 느낌에
처절하도록 슬픈 소리가 새어 나온다

삶과 죽음을 날 때부터
마음대로 정할 수 있다면
살다가 인생살이 신물 나서
고개 절레절레 흔들게 될 때

이 생의 연을 스위치 끄듯
놓을 수가 있을 텐데…

내가 가진 모든
욕심의 잔재까지
버릴 수야 있다지만…
내 안에서 내 숨을 같이
나누어 태어난
바라만 보아도
가슴이 미어져
눈물이 나오는
내 핏줄들은 어이
버릴 수가 있을까

아!
차라리 세상의 모든 것에
연연하지 않는 바람으로 태어났더라면
나는 잠시 소풍 나온 것처럼
머물다 가버리면
그만인 것을…

서산에 걸려 있는
서앙의 눈부신
노을의 꼬리를 붙잡고
아!
나도 넘어가고 싶어라

2005년 2월 신춘문예 독자투고

그리움 바람 되어

먼 산 너머로 해 끝자락이
남겨진 노을은
가슴속에 그리움
산자락에 걸리게 하네.

서늘한 저녁 바람
나무 잎새 파르르
갈 길을 재촉하고

오늘도 어둠이 내린
내 방 안엔 적막한
밤공기가 온몸을
감싸온다.

끝도 없이 밀려오는
그리움 소리도 없이
창문 너머 그대 있는 곳까지
전해진다면.

어느새 내 마음 바람 되어
밤하늘 훨훨 날아
그대 숨결 따라가고 있네.

소주 한 잔 앞에 두고

소주 한 병 식탁에 올려놓고
나는 청소를 시작한다.

걸레질 한 번 훔치고 나서
소주 한 잔 들이켜고
젖은 빨래 하나
가득 널어놓고
소주 한 잔 들이켜고…

화초에 물 한 번 흠뻑 주고
소주 한 잔 들이켜고
유리창 맑게
깨끗이 닦아 놓고
소주 한 잔 들이켜고…

집안일 다 해 놓고 흐뭇해서
소주 한 잔 들이켜고
어느새 소주 한 병
어디로 가 버렸나

두근대는 내 가슴속에
아릿하게 눈물 고여 오면
공연한 헛웃음이
끊이지 않는다.

2005년 8월 한울문학 수록

새끼를 보내고 온 날

뚝뚝뚝
새끼를 보내고 온 날도
퉁퉁 불은 양쪽 젖이
내 맘도 모른 채 흘렀다

목으로 무엇을 넘기랴
산 놈은 살았다고
일주일 꼬박 물 한 모금
못 넘기더니

울 어미 새끼 죽을까 봐
콩나물국밥을 말아
입안으로 밀어 넣어
씹지도 못한 채 넘겨 버린다

세월이 흘러 모두가
내 새끼를 잊어 버려도
어미였다고 12월만 되면
가슴이 터질 듯이
아픔이 찢고 나오려 한다

세상에서 젤 좋은 약

나 어릴 적
넘어져 무릎에
피라도 날라 치면
울 할머니
작은 상자 안에서
세상에서
젤 좋은 약이라며
꺼내 발라주시던
빨간약

손톱 밑에
가시가 박혀도
뽑아내고
빨간약 발라주고
벌레가
물어도 괜찮다
하시면서

발라주시던

피 같아서

바르기 싫었던

하지만

신통하게 잘 나았던

세상에서

젤 좋은 빨간약

지금은

이 세상에 안 계신

울 할머니처럼

사람들 기억 속에

잊혀가는

세상에서 젤 좋은

울 할머니 같은

세상에서

젤 좋은 빨간약

보고 싶어

마음이 아파도

가슴에

빨간약 바르면

다 나을 수 있으면

얼마나 좋을까…

옷들의 수다

철컥 스르륵
문을 열면
술렁이던 소리가
잠잠해지고
아무 일 없듯이
일상으로
되돌아온다

매장 안에
수십 개의 전등을
올리면
알록달록 옷들이
저마다
자기만의
맵시를 뽐내며
사랑해 줄
주인을 만나길

기대하며
한껏 부풀어 있다

하루 종일
사람들의 손길이
스쳐 지나갈 때마다
옷들의 환희와
손에서 놓이는
아쉬움의 한숨 소리가
엇갈린다

그렇게
어둠이 오고
사람들의
발길도 끊어지면
가게 안도
정리한다

철컥 탁

문을 닫으면

술렁술렁

매장 안의 옷들은

내일은

누가 나갈까

상상하며

소란스러워지기

시작한다

날이 새도록…

나는 이런 사람입니다

나는 눈물이 참 많습니다
그래서 조금만 건드려도
내 허락도 없이 눈물이
주르륵 흘러내립니다
버스 안에서도 길에서도
대화하다가도…

나는 정이 참 많습니다
그래서 조금만 내게 잘해줘도
내 가슴이 성큼 머리보다
앞으로 달려갑니다
아무것도 생각하지 않고
내 거를 다 내어줄 만큼 말입니다

나는 사람을 참 좋아합니다
그래서 나 혼자만의 공간 안에서
사람들과의 사랑을 꿈꿉니다
정이 많기 때문입니다
눈물이 많기 때문입니다
상처를 많이 받는 까닭입니다

우렁각시

내게도 우렁각시 하나
있었으면 좋겠다
아침햇살에 살포시
눈을 뜨고 하루를 시작할 때
따뜻한 밥상이 놓여 있고
내가 입고 갈 옷이 곱게
걸려 있다면…

내게도 우렁각시 하나
있었으면 좋겠다
지친 하루 일을 마치고 오면
환하게 불을 밝힌 집안에
따뜻한 목욕물도 받아져 있고
식탁 위엔 내가 좋아하는
진하게 퍼지는 향이 좋은
커피가 내려져 있다면…

내게도 우렁각시 하나
있었으면 좋겠다
몸이 너무 아파 밤새 앓을 때
내 이마 위에 찬 수건 놓아주고
아무것도 못 먹는 날 위해
부드러운 죽도 끓여 주는
그런 우렁각시 있다면…

내게도 우렁각시 하나
있었으면 좋겠다

만용

누군가에게 배려하고
친절을 좀 베풀었다고
나도 바람을 품었었다

욕심이었다는 걸
만용이었다는 걸

어리석은 게 인간이고
우둔한 것이 인간인데
상처받고 아파해 본 후에
깨닫고 후회한다

그 잘난 선심 한번 부리고
세상에 둘도 없는 착한 사람
스스로 자부하며 살아온
지나온 내 삶을 돌아보니
부끄럽기 짝이 없다

바람이 커질수록
아픔 또한 커가는 것
상처는 내가 만든 만용이
날 만신창이로 만든 것이었다

담소

사람들 오고 가는 시장통
햇빛도 들지 않는 한구석
남루한 행색의 한 노인네
텅 빈 벽을 보며 대화한다
연신 웃어가며 누구와 저리
재미나게 이야기하는 걸까

수많은 사람 틈 속에서도
정말 환하게 웃으며 대화를
나누어 본 적이 언제였는지
기억이 나질 않는다

내 말을 온전히 가슴으로
다 들어줄 사람 세상에 있을까
아마도 내 맘의 빛깔 그대로
담아줄 이 그 어디에도 없을 터
저 벽과 다정히 담소를 나누는
노인네 또한 나와 같지 않을까

가슴이 따뜻한 사람

눈물을 흘릴 줄 아는 사람은
가슴이 따뜻한 사람입니다
아파할 줄 아는 사람은
아직 감정이 살아있는
사람입니다

가슴이 메말라 아무것도
느끼지 못하는 사람은
살아있어도 살아있는 것이
아닙니다

눈을 뜨며 아침 햇살을 볼 수 있음에
감사할 줄 알면 행복을 아는
사람인 것입니다
상처받고 힘들어하는 사람을 보면
가여워 눈물을 흘릴 줄 안다면
가슴이 따뜻한 사람인 것입니다

눈물이 많다고 타박하지 마십시오
마음이 여려 늘 아파한다고
야단치지 마십시오
우리 모두가 가슴이 뜨거운 까닭이니까요
감정은 진실의 또 다른 언어라고
나는 생각합니다…

봄바람이 불어온다

바람이 불어온다
봄바람이 살랑살랑
내 가슴속으로 불어온다

사부작사부작
어느새 가슴 설레게
내게도 봄바람이 불어온다

찰랑대는 긴 머리
얼굴을 온통 휘감아도
뭉툭한 바람 끝이 싫지 않아
눈을 감고 가만히 느껴본다

바람의 중심에 서서
햇살의 느낌과
바람의 맛과 공기의 색깔을
온몸으로 흡수하며
나는 어린아이처럼 웃는다

세월의 흐름 속에
빛바랜 내 마음 안으로
살곰살곰 봄바람이 들어온다
바람이, 바람이 들더니
무엇이 그리 우스운지
웃음이 자꾸 나온다

살랑살랑 봄바람이 난 게
틀림없어…
심장이 간지러운 걸 보면!

에미

여자로 태어났다
새끼를 낳은 여자는
여자로 살기보다는
에미로 살아가야만
살과 핏줄을 나누어
세상 밖으로 내놓은
내 새끼를 지켜가며
살아갈 수 있는 것이다

내 새끼를 지킬 힘을…
제 에미는 무엇이든 할 수 있다
믿게 할 수 있는 강인한 의지를

험한 세상 약해지려 하는
나를 나 자신이 꾸짖는다
눈물 따윈 메말라 버리기를…

여자가 아니고 싶다
진정 에미이고 싶을 뿐이다.

화장기 없는 얼굴, 늘 같은 옷
꾸미지 않는 내 어미에게
투덜대던 내 지난날의 기억
서러움에 가슴 시리도록
엄마의 모습과 겹쳐 온다

산복도로의 불빛

밤이 늦은 퇴근 시간
구불구불 산복도로를
내려올 때면 언제나
밤하늘의 별들이
땅 위로 내려와 있는걸
보게 된다

출근 시간에 보았던
층층이 높은 산동네들이
어둠이 내려앉자
형형색색 고운 별이 되어
지친 나의 퇴근길을
훈훈한 마음의 은하수 길을
만들어 준다

슬픔도 기쁨도
내가 어떻게 보느냐에 따라
달라질 수 있는 것을
잊었다가는 또다시
마음에 새기고
초라함도 별이 될 수 있단 것을
나는 잊지 말아야 한다

불면증

베란다 창밖에서 들려오는
술 취한 낯선 사내들의 웅성거림
낮과는 또 다른 모습으로 다가오는
밤의 풍경 그리고 소리들

가끔씩 내게 잊히지 않으려는 듯
불쑥 찾아오는 오랜 연인 같은
나의 정든 불면증
밤과의 나의 연애는 그렇게
며칠씩 나의 마음에 나의 온몸에
흔적을 남겨두고 가 버린다

아마 그쯤이었을까
불면증과의 연애가 시작된 것이
내 삶이 통째로 사라져버렸다고

삶에 연을 놓으려고 했던 그 순간
불면증은 내게 소리 없이 다가와
어느새 애인이 되어 있었다

오늘 밤도 새벽의 미명이
밝아올 때까지 불면증과
나는 사랑을 할 것이다

못다 핀 꽃 한 송이

나의 꿈 나의 삶 나의 희망
나의 전부이던 보석 하나가
가슴을 찢고 날아가 버렸다
손을 내밀어 잡으려 해봐도
자꾸만 멀어지기만 하는
소중한 보물 하나를 잃었다

이 밤이 지나고 나면
꿈처럼 깨어날 거라고
웃으며 다시 돌아올 거라고
그렇게 믿고 또 믿고 싶었는데
늘 내 곁에 있어 주던 꽃 하나가
하늘로 올라가 별이 되어 버렸다

어이할꼬… 어이할꼬…
하늘까지 닿을 사다리도
내겐 가지고 있지 않은데…
남은 삶 동안 어찌 기다릴까
별에게 가기만을 소원하는
나의 마음을…

울 엄마는

울 엄마는
애교도 없고
화장기 하나 없는
맨얼굴에 뽀글뽀글
일 년을 간다는 파마

과일도 심지만 좋아하고
생선은 대가리만 먹길래
울 엄만 별나다 생각했지
그게 사랑인 줄도 모르고

자식 걱정에 잔소리 타령
듣기 싫다고 투덜대는 나
내 모습 속에 울 엄마가 있고
그 안에 또 내 아이가 있더라

울 엄마는
이쁜 옷도 안 사 입고
내가 입던 옷만 입고
편하다고 웃으신다
그게 사랑인 줄도 모르고

내리사랑

걱정되는 얼굴로
나를 보며 잔소리
이거는 이렇게 해라
저거는 이래서 안 돼
맞는 말인 걸 알아도
듣기 싫다 엄마 맘에
상처 주고 내 맘에도
후회가 남는다

보는 것도 흐뭇한 건
짝사랑이 틀림없다
바람 불면 날아갈까
다칠까 봐 노심초사
조심해라 당부하는
내 말들을 흘려듣고
내 가슴에 대못 하나
깊숙이 박아놓고도
까맣게 잊어버린다

가슴속에 뜨거움이
가만히 떠오른 얼굴
우리 엄마 웃는 얼굴
엄마 되어 엄마 마음
이제야 깊이 알았네
엄마! 죄송합니다
엄마가 너무 보고 싶다

내 삶이라 하네

잠들지 못하는 마음
창밖 바람 기웃대고
내면과 외면의 갈등은
미명의 기다림이 지루해
술 한잔에 마음을 달래 본다
미움보다는 이해하고
자책보다는 희망을 품고
눈물보다는 웃음을 보이며
늘 같은 날을 다른 눈으로
볼 수 있는 최선의 마음을
남은 삶 동안 갖고 있기를
가슴 깊이 바라본다
오수의 꿈 같은 인생
후회 따위 하지 않도록
욕심은 부리지 말되
선택한 것은 소중하게
잊지 말아야겠지

내가 나를 버리지 않게
생각하고, 또 생각하고
나를 버리지 않도록
눈물도 흘리지 말자
산다는 건 물 흐르듯이
살아내면 되는 거니까
품 안에 다 안고 있지 말고
다 내려놓고 나누어주자
내 것은 어차피 없는 거라
맘 편히 생각하면 웃음도
저절로 나올 수 있는 거니까
이것이 내 삶이라 하네
모든 것을 비워야 하는 것이
내가 가지고 나온 내 과제라
한다기에…
비우고, 또 비우며
나도 함께 그렇게 살아낼 거다

2부

눈부신 가을 어느 날

우리 엄마

오십이 다 되어도
어머니보다
엄마가 더 편한
아직은 철없는
딸이건만…

아무것도 모르는
딸과 그 딸까지
챙기시느라
늙어도 늙지 못하는
우리 엄마가…

언제나 내 곁에
있을 거라 생각해도
하루하루 보이는
굵은 주름살과
힘없이 웃는 그 얼굴에
내 가슴이 철렁한다

내 안에

내 안에 넓디넓은 바다가 있어
반 세월 흘린 눈물도 모자란 듯
늘 빨간 토끼 눈으로 기다리는 중
내 안에 뜨거운 불덩이가 있어
살아온 세월 가슴속 뜨거움 속에
미지의 그리움으로 기다리는 중
내 안에 서늘한 바람이 불고 있어
어느 공간 어느 시간 가슴이 시려
초점 없는 시선 허공을 바라보는 중
내 안에 또 하나의 내가 있어
울다 웃다 서로 다투다 끌어안고
너는 나고 나는 너 사랑하기로…

가슴으로 만나는 사람

머리만 있고
심장이 차가운
그런 사람은
참으로 가여운
사람입니다

가슴보다
머리가 먼저
사람을 만나
텅 빈 마음만
있습니다

다른 이의
눈물 따위에
아파하지도
신경 쓰지도
않는 사람은

참으로 딱한
사람입니다

하나는 모자라
내가 주고 싶은
그런 사람이
참으로 행복한
사람입니다

세상에는
머리보다는
가슴이
따뜻한 사람이
더 많이
있었으면
참 좋겠습니다

숨바꼭질

꼭꼭 숨어라
머리카락 보일라
어린 시절 숨바꼭질
놀이처럼 입속에서
중얼거려 본다

어린아이처럼
마음 들뜨게 해 놓고
꼭꼭 숨어버린 너
어느새 술래가 되어
큰 눈을 더 크게 뜬다

꼭꼭 숨어라
내 눈에 뜨이지 않게
옷자락이라도 보여
내게 붙잡히지 말고
숨바꼭질 끝나지 않게…

나

나를 없앤다!
뫼비우스띠처럼 돌아오는
내 삶은 엄마의 배 속에서
이미 정해져서 나온 것이다

나를 감춘다!
내 것은 없다는 걸 알면서
욕심은 내어 무엇을 할까
날개 없는 천사 놀이나 한다

나를 버린다!
모든 걸 버리는 날이 오면
내 삶을 두려워하지 않고
가면 안에 감춘 욕심까지
버릴 수 있는 내가 될 수 있다

이상한 세상

내 꿈이
스러져 간다
이상한 세상에
떨어진 나를 보고
모두가 웃는다

날카로운
비수로 심장을
후벼파는 고통을
주는 자들의 향연 속에
두 눈에 핏물이
고여 흐른다

나의 꿈이
사라져 간다
이곳은 이상한 세상
미소 짓는 얼굴이
차츰 일그러져 간다
그들과 닮아간다
이상한 세상이니까…

천상 여자이고 싶었습니다

온실 속의 화초처럼
사랑받고 일구며 사는
나는 천상 여자이고
싶었습니다

하지만
밟아도 죽지 않는
잡초의 끈기와
오기처럼
나는 강인한 엄마가
되어야 했습니다

삶이
제아무리
힘든 여정이라 해도
삶의 종착역은 있습니다
나는 그때 편한 마음으로

환한 미소를 지을 수 있게
힘들면 힘든 만큼의 웃음과
배려와 친절을 베풀어가며
기다리겠습니다

그때 나는 웃으며
이렇게 말하겠습니다
"이겼다."

시간이 되돌아가다

퇴근하고 돌아와
너무 피곤해 쓰러지듯 누워
깊은 잠을 잤던 기억밖에
나지 않는다…
세상에…
내가 눈을 뜬 곳은
내 젊은 날의 추억을
고스란히 담고 있는
또 그렇게도
벗어나고 싶어 몸부림을 치던 어두컴컴한 지하
셋방…
후다닥
나는 눈을 비비며
벽에 걸린 달력을 보았다
이럴 수가…
이건 꿈이다
이건 분명 꿈이야

1984년 8월 달력이
날 놀리고 있는 거 같았다
난 내 볼을 꼬집어 보았다
"아야~"
꿈은 아닌 듯…
부엌에서 그릇들 부딪히는
소리가 들려왔다
나는 조심스럽게 엄마~
하고 불러보았다

나보다 더 젊은 울 엄마가 거기 서 있었다
갑자기 눈물이 핑 돌아 울 뻔했다
엄마는 "왜?　자다 꿈 꿨어? 저녁 먹자
하는 것이었다
이게 꿈이 아니라면…
나는 삼십 년을 거슬러 온 것이다
아니, 삼십 년의 삶을 통째로 산

꿈을 꾼 것이다.
그렇지만 이렇게 기억이 생생하게
선명할 수 있을까…
신기했다…
모든 걸 다시 시작하고 싶어
미치도록 몸부림을 친 내 소원을
신이 들어준 것일까…
잠이 들면 다시 중년의 나로
돌아가는 건 아닐까…
삼십 년을 다시 벌었으니 무엇을
새로 시작해볼까?
머릿속은 어지러웠지만
내 중년의 슬픈 삶을 떠올리면
다시는 돌아가고 싶지 않기에
열심히 노력해서 내 30~40대는
지금 꿈꾸듯이 우아하고
여유로운 삶을 만들어 볼 테다

신이 내게 준 기회다

신이 내가 너무 가여워서 준

선물이다…

내 나이 열여덟

생각만 해도 웃음이 나온다

엄마가 묻는다

왜 웃어?

아냐 엄마. 엄마 사랑해~

이 세상이 너무 아름답게 보인다

나를 위한 기도

나를 힘들게 하는
사람일지라도
절대로 미워하지 않는
바다처럼 넓은 마음과
재물이 많다고 하여
나를 업신여긴다고 하여도
뒤돌아 험담하지 않고
물질적인 부자보다
마음의 평안을 부자로
받아들이매 기쁨의 미소를
지을 수 있는 깊은 마음을
제게 주소서!

나를 눈물 짓게 만드는 이들을
가엽게 여길 줄 아는 진심을
제게 주사 매일 그들을 위해
기도하게 하여 주시고
입으로 힘들다, 죽겠다, 나오는

모든 소리를 감사합니다!
행복합니다! 아름답습니다!
라고 깨우칠 수 있는 가슴과
머리와 눈을 주소서!

불평불만을 하게 만드는
검은 마음을 제게서 몰아내
항상 작은 것에도 감사할 줄 아는
감정이 메마르지 않은
따뜻한 사람이 되게 하소서…

가슴과 머리의 갈등

가슴과 머리는
내 한 몸이 맞는데
언제나 둘 사이에서
갈등을 빚고 고민한다

머리는 비우고
버리고 이미 끝내놓으면
가슴은 채우고
주워 담고 다시 시작한다
눈은 볼 수 없어
눈물만 하염없이 흘리고
그렇게 끝도 나지 않는
나와의 갈등은 계속된다

시작한 것은
끝이 있을 것인데
선택한 것에 대한
책임의 몫은
언제나 '나'이겠지

덤으로 사는 하루

눈을 뜨고
하루가 내게로 오면
덤으로 나는 하루를 산다
아침의 고운 햇살 한 줌
아침의 맑은 바람 한 모금
눈을 감고 가만히 느껴 본다

목덜미로 스치는
바람결의 감미로움과
내 얼굴 위로 비치는
따사로운 햇살의 느낌

연기처럼 아스라이
스러지면 가슴 한가득
안을 수도 담을 수도
없을 텐데 말이지…
아끼고 사랑하고 보듬고
살아보라 덤을 주신 하루

내 온몸으로 느낄 수 있는
일상의 모든 것이
소중함을 잊고 살았던
소소한 작지만 컸다는 것을
시간은 비로소 깨우쳐 준다

비우고 채우는 건 결코
혼자서는 할 수 없단 걸
누가 누구를 용서하고
이해한다는 것조차도
인간은 할 수 없다는걸
시간이 다다르게 되면
스스로 깨치게 된다

가을

아침에 눈을 뜨니
가을 냄새가 코끝으로
바람을 타고 싱그럽게
선물처럼 내게 들어왔다

집을 나서는 내 발밑에
가을의 융단이 깔린 듯이
사그락사그락 밟고 가는
소리가 내 귀로 들려왔다

실눈을 뜨고 하늘을 보니
한 뼘 더 자란 가을하늘에
두 팔을 벌려 안아보려니
가까이 간 만큼 높아지더라

절망과 이별하다

가지 마… 가지 마…
절망이 내 발목을 잡고
목놓아 운다
그동안 함께한 옛정을
생각해서 떼어 내지만 말라고…

놔라… 놔라…
슬픔에 내 희망을 접고
넋 놓을 수 없다
물처럼 시간은 흘러만 가는 것을
잊고만 있었던 거야…

싫다… 싫다…
모두의 기억 속에 나는 우울한 것보다는
환하게 웃으며 떠오르는
기분 좋은 사람으로
남고 싶은 거야…

감사의 기도

신이시여!
오늘도 저의 하루를
감사할 수 있는 마음을
주셔서 또 감사합니다
이젠 제 눈에서 흘리는
눈물은 저를 위한 눈물이
아닌 타인을 위한 눈물이
되도록 도와주소서!

신이시여!
내일도 저의 하루가
남을 위해 웃는 마음을
주신다면 감사하겠습니다
이젠 미움이나 불만은
바람결에 날려버리고
남이 웃으면 내가 웃는 마음
되도록 도와주소서!
신이시여!

매일매일 저의 날을
감사의 날로 가득 채워
주신다면 그 또한 감사하겠습니다
그렇게 작고 작은 것에도
감사와 행복할 줄 안다면
신께서 부르시는 날
미소 짓는 얼굴로 따르겠습니다!

울 이쁜 딸은

울 이쁜 딸은
석 달 열흘 안 씻어도
얼굴에서 빛이 나는
뽀얗고 맑은 이쁜 딸이다

울 이쁜 딸은
야무지고 똑똑해서
알고 싶고 배우고 싶은 게
세상에 너무 많다는 딸이다

울 이쁜 딸은
새침해 보이고 강한 척
자존심 내세우려 하지만
실은 약한 걸 감추는 딸이다

울 이쁜 딸은
어느 부모나 당연하게 한
모든 것들도 감사하다고
환하게 웃는 너무 이쁜 딸이다

엄마의 나이 그리고 내 나이

엄마의 삼십 대는
아빠만 바라보는
무의미한 나이였다
내 나이 삼십 대는
흘러가는 시간이
아까운 젊은 나이였다
엄마의 사십 대는
늙었다고 생각되는
중년의 나이였다

내가 사십 대가 되니
엄마의 삼십 대는
아빠를 기다리며
우리를 기르느라
꽃단장 한 번 못 한 채
세월이 간 걸 알았고
엄마의 사십 대에는

아직 젊은 나이에
나로 인해 할머니로
그렇게 세월이 가버린
가여운 나이였다

내 나이 오십이 다 되니
울 엄마 오십이 마음
아파 와 눈물이 흐른다
칠순 나이 앞둔 울 엄마
세월이 그리도 빨리 갔나

착한 딸이라고 하더니
하나도 착하지도 않았네
내 곁에 늘 있을 것 같은데
무심히 세월만 흘렀구나

내리사랑이라고 하더니
내 인생만 중요한 줄만 알고
울 엄마 삶은 생각도 못 하고
오십이 되니 이제 철이 드나
새털처럼 시간이 많을 때
울 엄마 마음 편하게 해줄걸

가을 사랑

투둑투둑
창문을 두드리며
가을비가 인사를 한다
여름의 잔재까지 씻어내고
새 옷 갈아입을 채비하는 양
바쁘게 바쁘게 비를 뿌린다

이 비 그치고 나면
더 깊고 짙은 가을 속으로
성큼성큼 걸어 들어가겠지
짧은 시간 내 맘 담아 간직할
추억의 작은 상자 하나 만들어
나를 기억하게 할 것이다

가을인가
눈을 감고 느끼려 하면
어느새 작별 인사를 한다
가을은 내 가슴에 사랑을 심고
그리움의 긴 여운을 남겨둔 채
가버릴 것이다…

내 맘의 위안 길 산복도로

오늘도 나의 출근길
구불구불 산복도로
내 마음의 위안의 길
쏟아지는 햇살 속에
닥지닥지 어깨동무
산동네 비탈길에도
눈부시게 빛이 난다

간밤에 아픈 기억도
어제 흘린 눈물들도
위안의 길 위에 서면
하얗게 사라져가고
산동네 꼭대기에서
한 귀퉁이 보여지는
바다가 미소 짓는다

오늘도 힘을 내라고
바닷물에 반짝이는
햇살이 찰랑거리며
나를 향해 말을 건다
힘이 들 땐 위안의 길
지나가 보고 싶다

눈부신 가을 어느 날

눈이시도록 파란 물감을
뿌려놓은 듯한 가을하늘
콕하고 찌르면 뚝~ 뚝~
파아란 물이 떨어질 것만
같은 이아름다운 가을날

일렁이는 바람에 떠밀려
한 조각 솜뭉치 같은 구름마저도
그림같이 예쁘다

약속 없이 길을 나선대도
어디선가 반가운 사람을
만날 것만 같은 참 좋은 날
발걸음도 가볍게 걷는다
바람도 내게 인사한다

그리움이 풀리는 날

가을은 온통 그리움이다
고개를 돌리는 곳곳마다
그리움은 불쑥 튀어나와
가슴안으로 들어온다

그리움도 오래 그리워하면
중독되어 버리더라
가끔 찾아주던 그리움이
가슴속에 자리를 잡고 앉아
그리움에 그리움을 더한다

그리움에 보고픈 얼굴들이
수없이 떠올랐다 사라지고
살아가다 보면 만나지겠지
그리움도 보고픔도 마음도
다 풀어지는 날 있을 거다
너무 늦지 않아야 할 텐데…

3부

비에 눈물을 감추다

바람의 느낌

두 눈을 감고 양팔을 벌리고
그 자리에 서서 하늘을 향해
햇살과 바람을 느껴본다
나의 온몸을 감싸 안아오는
바람의 움직임이 전해진다

얼굴 위로 쏟아지는 햇살들
기분 좋은 따뜻함의 행복감
목덜미를 간질이며 휘감고
나의 앞가슴 속을 파고드는
바람의 장난기에 미소 짓는다

사람들의 소란스러운 말소리
자동차의 요란한 소리들
나의 귀는 모두 닫아 버리고
바람의 살랑거리는 맑은 소리
나의 심장이 뛰는 밝은 소리

친구야

친구야
난 아직도 덜 자랐나 봐
세상을 다 모르니 말이야
힘이 들 땐 기대고 싶고
위로도 받고 싶은데

친구야
어려선 하늘색 꿈대로
세상을 다 내 품 안에
안을 수 있을 것만 같더니
어른이란 참 어렵구나

친구야
어려선 맑고 밝게 자라라
어른들이 말을 하더니
우리가 어른이 되고 보니
상처받을 일이 참 많구나

그해 겨울도 따뜻했었는데

가슴에 묻고
살아온 긴 세월
흘러간 시간 속에
훌쩍 가버려
과거 속에
갇혀버린 기억
같은 계절이
가고 올 때마다
심장에 칼을 꽂은 듯
아픔이 밀려온다

그해 겨울은
유난히 봄처럼
따뜻했지만
내 마음은
황량한 벌판에
세찬 바람을 맞는 듯

몹시 추웠던
가슴 아팠던
슬픈 해였다

잊으라는 말을
스쳐 가듯 툭 하고
내게 던진다
나는 잠시 잊은 척
가슴에 묻고
내 눈물은
바다가 되고
가슴속 작은 천사
꼬물꼬물 자라나
나이마저 세어간다

타인의 눈물 위에 진정한 행복은 없다

나 홀연히
사라진다 해도
세상은 아무 일 없단 듯
어제처럼 오늘도 그리고
내일도 잘 흘러가겠지
나 아주 작은 점 하나일 테니

내 빈자리
크게 남지 않아도
때론 누군가는 나를
좋은 모습으로 기억하고
또는 어떤 이에겐
인상 찌푸릴지도 모르지

나를 위함보다
타인을 위한 배려가
소중함으로 남아주길
바라지는 않겠지만
자신들이 입힌 상처들
생각조차 하지 않고 살겠지

타인의 눈물을
먹고 얻은 기쁨 위에
진정한 행복이 있을까
깨우칠 수 있는 시간을
그들에게도 줄 수 있다면
세상은 밝은 빛이 될 터인데…

비에 눈물을 감추다

햇살이
그리 곱더니
변덕스러운
내 맘 알았나
울먹울먹
울음 참던 하늘

퇴근길
고개 떨구고 걷던
내 머리 위로
점점이 비는
잔잔하게
내리기 시작했다

비야
내리지 마라
내 가슴도
눈물을
담고 있는데
빗물에
몰래
눈물 섞어
울어버릴지 몰라

내리사랑 2

당신의 맘속엔
하염없이 주기만 할
하늘처럼 넓은 사랑이
바다만큼 깊은 사랑이
들어있나 봅니다.

가슴속 바닥까지
주고 또 주어도
더 내어줄 것이 없을까
안타까워 마음 아파하는
가시고기 같은
사랑입니다.

내가 받은 깊은 사랑
다 알지도 못하고

그냥 그런가 하다 보니
세월만 이렇게
참 많이도 흘러갔습니다

내게 쏟은 외사랑
물 흐르듯 대물림할 때
이제서야 마음속에
당신의 한없는 사랑을
알았습니다

내 가슴속 안에는
이생에선 다 갚지 못할
당신을 향한 뜨거운
사랑의 눈물이
흐릅니다

사랑합니다!

편지

나
당신에게
할 말이 너무 많아
말로는 다 할 수 없어
이렇게 밤이 다 가도록
당신을 생각하며
한 글자…
한 글자 써 내려 갑니다

나
당신 앞에 서면
하고 싶은 말들이
입안에서 자꾸 맴맴 돌아
입술만 오물오물하다가
당신과 헤어져
돌아서면
그냥 서러워 눈물이 납니다

세월아! 조금 천천히 가주렴

세월아!
세월아!
약속한 세월아!
나!
아직 세상을 잘 모를 때
내 부모님
울타리 안에서
세상 밖을 바라보며
빨리 어른이 되고 싶단
철없는 생각만 했었구나…

세월아!
세월아!
무심한 세월아!
나의 부모님
젊음을 앗아가고
백발이 무성하여도

나!
어른이 되었다고
세상은 내 맘대로
되는 것이 아니구나

세월아!
세월아!
서러운 세월아!
두 분의 서글픔은
하나도 생각지 않고
나!
내 삶의 무게만
힘겨워하고 살아온
나 자신이 한심하구나…

세월아!
세월아!
흘러가는 세월아!

되돌릴 수 없단 것도
멈춰 기다릴 수 없단 것도
다 알고 있으니
조금 천천히 가주면
안 될까나…
나!
늙는 거야
하나도 속상할 거
없다지만
내 부모님
자식 흰머리에
눈물 훔치는 모습이
불효인 듯
마음이 아파져 오는구나…

꿈

하이얀 팔뚝 위로
푸른 선혈 두 줄
불뚝 올라 헐떡이며
나의 시선 멈춰 서서
환상 속에 춤을 추고
빨간 나비 내 주위를
어지럽게 날아든다.

어둠이 앞에 서서
끈끈한 입김을
구석구석 불어넣어
나의 온몸을 뜨겁고
아름다운 춤을 추게
하얀 날개옷을 입혀
가벼이 날아오른다.

내림굿

산바람 사이 쉬쉬쉬
대나뭇잎 부들부들
서슬 퍼런 칼날 위로
오색빛깔 영롱함이
춤을 추며 날아간다

하늘하늘 꽃 한 송이
하늘 문이 열리는가
방울 소리 청아하게
온 세상에 퍼져가고
아린 가슴 이슬 되네

걱정 근심 잡아두고
무아지경 빠져들어
사람인가 나비인가
환상 속에 꽃이 되어
하늘빛이 내렸다네

비 내리는 날

하늘 끝에서
내리는 빗방울이
마냥 즐거운 꼬마야
찰방찰방
노란 장화가 춤춘다

빙글빙글
내리는 빗방울이
통통 튀며 어지러워
홍얼홍얼
노란 우산이 노래한다

엄마 손도 놓은 채
해맑은 미소로
팔랑팔랑 뛰어가며
노란 나비
노란 우비 꼬마 간다네

양심

세상에
태어날 땐
눈처럼 하얗고
네모반듯한
마음의 옷을
입고 나왔다

세상을
살아가며
불의에 때 타고
절망에 구겨진
마음의 옷에
상처가 났다

이 세상
살아온 날보다
살아갈 날들이
더 짧아진 지금

새 옷으로
갈아입히고
싶어졌다

사랑 비누로
희게 빨래하고
희망 가위로
네모반듯하게
모양 다듬어서
웃음 풀로
다림질한 후에
행복 향을 뿌린
새 마음의 옷

내가 세상
나올 때
엄마가 주신
순백의 고운

마음의 옷과
똑같지는
않겠지만

내가 세상
떠날 때
후회 없이
마음 한가득
행복할 수 있도록…

상념

멍하니
길을 나서니
하늘이 열리고
수많은 생각들이
우수수 떨어진다.

아! 여기에도
아! 저기에도
내 상념들이
쏟아져 내린다.

감춰두었던
비밀의 공간에서
봇물 터지듯
눈물이
흘러내린다.

부항

타다닥, 타다닥
수없이 바늘에 찔리는
고통보다
배어나는 핏물의
아름다움에 숨 멎는다.

애끓는 그리움
피멍으로 사무친 애증
토해낼 곳 없어
돌고 도는 멍울
핏물로 흘려보낸다.

홀로 뱉지 못한
긴 세월의 뭉친 애환
꽉 움켜잡아
다시 맺히지 않게
멀리 보내려 한다.

희망의 봄

정수리 위로
햇살이 내리고
봄볕의 따스함은
내 온몸으로
스며들어
달콤하게 젖어 드는
한낮의 오수는
나를 유혹한다

목덜미를
휘감아 돌아서
장난치듯 간질이며
스치듯이
지나가는 바람마저
뜨거운 입김처럼
봄소식을 전한다

귓속으로
전해져 오는 말
나예요 내가 왔어요
너무 늦어서
화났나요
웃어 봐요 내가 왔어요
그렇게 봄은
내 가슴에 희망을 심다

봄바람이 났나 봐

바람이
불어온다
살랑살랑
내 가슴 속으로

어느새
봄바람이
들어오네
사부작사부작

긴 머리
찰랑대며
내 얼굴을
휘감아도 좋아

뭉툭한
바람 끝이
싫지 않아

눈감고 느낀다

햇살 느낌
바람의 맛
공기의 색깔
내 몸에 빨려든다

세월 속에
빛바랜 마음
살금살금
바람이 불어온다

바람났어
틀림없어
실실 웃음 나고
심장이 자꾸만
간지러운 걸 보면…

변덕쟁이 나

비가 오고
천둥이 쳐도
당신을 만나러
가는 길은
활짝 갠 봄날에
팔랑팔랑 나비처럼
춤을 추며 날아갑니다.

사소한
말다툼으로
당신과 헤어져
오는 길은
눈부신 햇살이
아름답게 비추어도
나는 겨울이 온 듯합니다.

일상의
모든 것이
당신과 연결되어 있어
소소한 하나라도
떼놓고 살 수 없는
내가 되어 있는 까닭입니다.

2015.03.17.

그리움의 중독

만남보다
그리움이 더
좋을 수도 있다
보고 나면
기대감은 다
사라질 수 있지만
그리움은
설렘이 쭉
이어질 수 있으니

어쩌면은
그리움도
중독이 되는 건
아닌지 모르겠다!

만남으로
꿈꾸던 환상이
현실이 된다면
그리움은
꿈꾸는 만큼
간직할 수 있으니
아름다운
그리움으로
중독되는 것이다

20150318

빈 마음

달그락
달그락
오늘도
내 가슴 안에선
요란한 소리가
들려온다!

언제쯤
마음에
틈 없이
채워지게 되어
소리 나지 않는
날이 올까!

마음의
공간이
클수록
빈 공간 소리도
점점 더 울리며
커져간다!

가슴에
머리에
달그락
거리는 소리는
밤공기 가르며
울며 구른다!

2015.3.18.

(2012년 12월 7일 글을 재편집)

4부

망각수

장이 열리다

오랜만에
동네에
장이 열리면
시끌벅적
때아닌
잔치 아닌
잔치가
벌어진다.

봄볕만큼
화사한
웃음꽃이 피고
분단장한
아지매
곱디고와
덤으로
장을 본다.

삼삼오오
허기진
늦은 점심으로
국수가락
한 그릇
배 채우고
집에 갈
채비한다.

버스 안엔
훈훈한
장날 이야기와
사람들을
싣고서
어두워진
장터를
벗어난다

20150320

못다 핀 꽃 한 송이 2

나의 별
나의 희망
보석보다
더 빛나게 하였던
내 삶의 전부였고
꽃보다 더 어여쁜
모습으로 내게 와
온 세상을 다 가진 듯
기쁨을 주고 간 너!

꿈처럼
짧은 시간
내 곁에서
웃음 주고 가버린
내 소중한 보물이
하늘 위로 날아가
내 가슴 별이 되어

온 세상이 무너진 듯
아픔을 남기고 간 너!

이제는
보고 싶어
그리움만
나 홀로 끌어안고
토해놓은 눈물들
말라버린 긴 시간
별에 닿을 사다리
없는 것도 서러운데
꿈조차 멀어져가는 너!

20150322

춘정에 몸이 달다

나는
떠나리라
나를
유혹하는
코끝을 스치는
봄 내음을 따라서

바람이
불면 부는 대로
춘정에
몸 단 열정을
가슴에
하나 가득 담고
사랑 찾아
나는 떠나리

20150330

망각수

여보시오
저승사자
망각수는
생 육신에게는
줄 수 없나요…

고통과 역경 속
삶의 생을
살아가야 하는
가여운 존재
인간에겐
적선하듯이
그냥 하나 던져
줄 수 없나요…

잊고 사는
행복마저도
가질 수가

없다면야
하잘것없는
내 육신이나
어서 빨리
가져가면
안 될까요…

그까짓 것
시간이야
얼마나
남았다고
기다릴 거
있답디까
그냥 데려가도
아무 말 안 할 테니
나 좀 데려가면
안 될까요…
망각수

한 바가지
주시든가
아님
나를 어여
데려가시든가
이렇게
부탁 좀 하면
아니 될까요…

20150409

(2013년 11월 25일에 쓴 글을 재편집)

보고 싶다

불현듯
가슴속에서 네가
벌떡 일어난다
시간이 가고
세월이 흘러도
너는 내 안에
살아 숨 쉰다

너는
그렇게
소멸하지 않는
불멸의 존재가 된다

그리워하면
그리움은 배가 되어
몸보다 마음이 먼저
너에게 달려간다
보고 싶다

나 너를…

끝없이

너를 내가…

20150410

복사 꽃잎 날리던 날

복사꽃 바람결에
화르르 날리울제

아직은 꽃봉오리
수줍은 소녀 마음

파르르 깎은 머리
고깔 속에서 울고

두 손 모아 합장해
진심으로 빌면서

세상 근심 다 놓고
마음을 비워본다

슬픔과 번민까지
모두 다 버리고서

발등에 떨군 눈물
가슴속에 흐르고

복사꽃 비 날릴제
소녀 눈물 흐르네

20150415

사진 속의 너

세월이 지나가면
아무렇지도 않게
기억 속에서 잊을 줄
알았나 봅니다.

세상은 바쁘다고
모두가 잊는데도
가슴속에 내 기억은
더 선명해집니다.

사진 속 네 얼굴은
환하게 웃으면서
괜찮다고 되려 나를
위로하듯 웃습니다.

내 심장은 먹먹해
사진 위로 눈물이
하염없이 쏟아져도
너는 웃기만 합니다.

20150416

석양의 아픔

얼마나 참았을까
핏빛에 물들 만큼

떠나는 서러움에
붉은 피 토해내네

피멍 든 가슴 안고
어둠에 잠이 드네

술

삶이 고되고
힘들어서
술을 마시는 걸까

술을 마시면
삶이 힘들다
생각이 드는 걸까

술에 취하면
번민할 것도
다 사라지는 걸까

술을 마시며
인생도 함께
배우게 되는 걸까

20150416

요정

너는
어느 별에서
날아온 것일까!

너의
웃음소리는
맑고 청아하네!

너의
깊은 눈동자
아름다운 호수!

아마
너는 요정이
틀림없을 거야!

엇갈린 꿈속

너의
꿈속으로
널 만나러 갔더니
넌 보이지 않네

너도
내가 보고 싶어
내 꿈속으로 갔나 봐
악속하고 잘걸…

만인의 연인(화류계 꽃)

아침햇살에
눈을 뜨며 꽃보다
더 화사한 웃음을
흘리며 하루를 연다

수많은 사랑
그 안에 살아가도
사랑에 굶주려 한
가여운 꽃송이여라

화려한 모습
행복한듯한 웃음
가슴엔 엄동설한
북풍한설 몰아친다

진실한 마음
사랑으로 감싸고
웃음 뒤에 눈물을
닦아줄 이 어디 있나

해 질 녘

서쪽 하늘 저편으로
오늘 하루가 간다
낮도 아니고 밤도 아닌
겨울빛 아스라이 사라져가는
해 질 녘 거리는 낮게 가라앉은
공기마저 싸늘하다

차가운 겨울바람에
잔뜩 움츠린 길고양이가
굶주려 허기진 눈빛으로
오고 가는 사람들에게
슬픈 눈으로 말을 건다
배가 고파요…라는 듯이

해 질 녘 어스름한 흐린 빛에
가족들의 저녁이 늦을까
빼꼼히 눈만 내놓은

아이의 손을 잡고 걷는
엄마의 발걸음이 바쁘다
오늘 저녁은 뭘 할까?

회색빛 네모 칸 줄 맞춰 놓은 듯한
아파트의 불빛들이
하나둘씩 켜지기 시작한다
제각각 다른 사람들의 하루가
그렇게 시간의 흐름 속으로
흘러가고 있다

물난리

바람에 날리우고
강물에 쓸려가 버리고
그래서
사람들의 눈물조차
앗아가 버렸나 보다
넋 나간 얼굴엔
초점 없는 눈동자가 흔들린다
그래도
한 방울의 눈물 따위보다는
긴 한숨으로 대신한다
새로운 마음으로
새롭게 시작하라고
그렇게
모든 걸 쓸어가 버렸나
아무것도 남기지 않고…
손톱만큼의 희망조차 사라졌다
어쩌나

미련도 집착도 아닌 허망이
허공을 둥둥 떠다닌다
폭풍이 지나가니
뜨거운 뙤약볕이 쏟아져
가뜩이나
상처 입은 사람들의 심장을
달구어 지친 마음 안에
울컥하고 서러움이 차오른다
그래도
울음을 꿀꺽 목 안으로 집어넣고
살아야 한다고 다짐한다

세월

가을은
비를 앞세우고
하루 만큼씩
다가서고 있고
여름은
가을비 속으로
어둠 한 줌씩만큼
멀어져간다

시간은
정해져 있는데
느릴 때가 있고
빠를 때가 있다
세월은
지나고 보면
오수의 꿈처럼
짧기만 하다

우리 엄마

나는
엄마가 참 싫습니다
아끼며 산다고
제대로 된 옷 한 벌
사 입은 적 없으시고
오래된 립스틱에
샘플 화장품만 바르는
그런 엄마가
나는 싫습니다

나는
엄마가 무척 짜증 납니다
여기가 아프다
저기가 아프다며
노래처럼 중얼대며
병원비 아깝다며
약국에서 파스 사다 붙이는

그런 엄마가
나는 짜증 납니다

그런데
나는
엄마가 참 안쓰럽습니다
가난한 살림살이
우리 남매 하나라도
더 해주고 싶은 마음에
엄마 당신에게는
십 원짜리 하나 안 쓰는
그런 엄마가
나는 많이도 많이 아픕니다

그래서
나는
엄마가 참 가엾습니다

우리가 아플 때면

엄마가 아플지라도

우리 먹을 거라도

해 먹이려 하시면서

돌아서서는 혼자 앓는

그런 엄마에게

나는 정말 미안합니다

소나기

투둑투둑
얼굴 위로 빗방울이
떨어졌다
손바닥을 펼쳐
하늘 위로 받쳐본다
거리에 사람들이
하나둘 뛰기 시작했다
나도 뛸까
그냥 걸었다

후두두둑
순식간에 장대비가
쏟아졌다
그제서야 냅다
달음박질쳐 뛰어본다
아뿔싸 늦었구나
물에 빠진 생쥐가 됐다
웃음이 났다
그냥 웃었다

가을엔

가을엔
편지를 하겠어요
옛노래의 가사처럼
가을이 되면
낙엽이 물들듯이
감상에 젖어
그 누구에게라도
알 수 없는 그리움
절절하게 담아
편지를 쓰고 싶다

가을엔
울긋불긋 오색주단
사뿐사뿐 즈려밟고
사랑에 빠진
영화주인공처럼
환하게 웃으며

그 누구라도
만나고 싶은 마음
가을이 내 맘 알고
낙엽보다 먼저
내 심장을 물들였다

기 울엔
여행을 하고 싶다
배낭 하나 짊어지고
모자를 쓰고
기차에 몸을 싣고
창밖을 보며
그 누구를
만나러 가는 것처럼
콧노래 흥얼대는
들뜬 소녀가 되어…

가위눌림

꼬끼오

새벽닭이 울었다

꽁꽁 묶였던 줄도 풀리는 시간

악몽에 시달렸던 흔적이

고스란히 남아있는

홍건한 땀방울이

새벽 찬 기운에 오한마저

스며들게 한다

한 번씩 찾아오는

반갑지 않은 가위눌림의 악몽

떨쳐내고 또 밀어내도

달라붙으려 하는 귀신들의 놀이

허해진

몸과 마음으로 스며

야금야금 삶의 끈마저 끊으려

갉아대고 영혼을 파먹는

귀신들이 춤을 춘다

내 몸 안에 모여서

손을 저어 쫓으려 애써도

손가락 하나하나

밧줄로 꽁꽁 묶고

소리조차 지르지 못하도록

목을 누르고 앉아있다

닭 우는 소리에 스르르 사라진다

5부

소풍 나온 삶처럼

길냥이

포로롱 포로롱
땅 위에 앉았다
날아가는
새들을 쫓다 지친
외로운 작은 길 친구

함께 놀자
손짓에도 화들짝
놀라 달아나는
친구들이 서운해
날아간 곳만 바라본다

먼 곳을 응시하다
작은 인기척에
깜짝 놀라
후다닥 달아나며
소리를 지른다
아이구 깜짝이야 야옹

앰뷸런스

삐뽀삐뽀
정류장에서 버스를
기다리는
나의 눈앞에
앰뷸런스가 불빛을 휘두르며
숨 가쁘게 지나간다
무슨 일일까
누가 다친 걸까
누가 아픈 걸까
무슨 일인지도 모르고
누구인지도 모르는
미지의 그에게
쓰린 가슴을 끌어안고
걱정을 한다

그날 그때도
내게 목숨 같은 새끼가

요란하게
사이렌을 울리며
달리는 빨간 차 안에서
하얗던 원래 얼굴이
눈처럼 희게
꾹 다문 입술은
보랏빛 숨결에 언 듯
움직일 줄 몰랐다
아닐 거야 아니야
절대 아니라고
기도한다

내 곁에 있다면
새침데기 이쁜 아가씨가
되었을까
세월이 많이도 흘러도
내 가슴속에 딸아이는

한 살 한 살 나이를
먹어간다
세상에 왔다 간
흔적이나 있을까
모두의 기억 속에 잊힌
이제는 내게서만 남은
아픈 기억이 살아난다
앰뷸런스 때문에

비 오는 어느 날 엄마가 보고 싶어서

툭툭툭 떨어지던 빗방울이
창을 때리는 빗소리가
더욱 크게 들려온다
밤새 눈을 감았다 떴다
거의 뜬눈으로 어제를 보내고
오늘을 열었다
울컥 목구멍 위로 치받고
올라오는 울음덩어리
이제 갓 엄마와 떨어진
스무 살 여린 아이처럼
엄마의 얼굴이 스치듯 떠올라
보고 싶어졌다

따다닥 따다닥 우산 위로
들려오는 비의 랩소디
가슴을 두들겨댄다
옛날에는 어떻게 살았을까
친정이 천릿길로 떨어져 있으면
버스에 올랐다
빗줄기를 헤치고 버스가 달린다
아니 빗속을 달리는 건 나였다
오십을 넘어 중년이 되어도
십 대의 철없는 아이처럼
엄마가 보고 싶어 가방 하나 들고
서울 가는 버스를 탔다

마지막 잎새

한 무리의 낙엽이
앙상한 가지를 떠나
바람을 타고
길고 긴 여행길을 나선다
사르륵사르륵
미처 바람에 채
동승하지 못한 나뭇잎들은
서로 뒤엉켜 길 위를
나뒹굴며 안타까워한다
바람 속으로 사라진
낙엽의 잔영을 좇으며
차가운 바닥 위에 주검으로
쌓여간다
쓸쓸한 가을빛들이
떠나지 못한 낙엽을
따뜻한 눈으로
감싸주며 다독이며 웃는다

괜찮아 괜찮아

어느 곳인들

다시 돌아갔다 돌아올 것을

떠난들 무엇하고

떠나지 못한들 슬플까

언젠가는 모두 만날 것을

약속하며 잠시 잠들뿐이야

찬 바람에 스르륵 눈을 감고

잠이 든다

퇴근길

밤을 가른다
시간을 달리며
늘어선 가로수도
길을 밝히는 가로등도
집으로 가는 버스 안에선
모두 외면당하고 있었다
시야에서 자꾸만 멀어지는
어둠 속에 묻혀있는
작은 불빛들은
서로 반짝이며
살아있음을 알린다

공기를 가르며
어둠을 밝히는
버스의 두 불빛이
두려움도 밟아가면서
쏜살같이 집으로 달린다

고단함을 내려놓으려고
흔들리며 쉴 곳으로
오늘은 달리며 날아가고
눈을 뜨면
희망이 반짝이는
하루가 살아난다

가을이 그려낸 그림

무심히 올려다본
가을 하늘은
온통 푸른 호수였다
바라다보고 있는
나조차
눈부시게 푸른빛에
물들어 버릴 것만 같아
손바닥으로 살짝
하늘을 가리니
손가락 사이로
파란 햇살이 흐른다

어둠이 내려앉은
가을 저녁은
음악회 콘서트였다
귀뚜라미 풀벌레
소리가

아름다운 음률로써
가을을 더 깊고 감미롭게
잔잔히 물들이며
두 눈을 감으니
세상이 모두가
환상 속으로 빠진다

기절

뜨겁게 타오르는
너를 안고 빙빙 돌다
쓰러져 버린다
아득하게 놓아 버린
내게 연결된 이성의 끈이
툭 하고 끊어져 버리고
깊디깊은 늪 같은
어둠으로 빠져들어 간다
그렇게
너는 나를 잠식하는구나

꿈인 듯 생시인 듯
내가 나로 돌아오니
홍조로 붉어진다
언제쯤이나 되어야
뜨겁게 불타던 네가 식을까
툭툭 털고 너를 외면한 채

내가 가야 할 길을

아무렇지 않게 갈 수 있을까

그렇게

너는 나의 발을 잡는구나!

갱년기

꿈 많던 소녀
미소까지도 찬란하고
꽃보다 더 이뻤던
젊은 날의 내가 작별을 고한다

꽃의 향기에 취해
벌과 나비가 춤을 추고
화사한 꽃잎 위로
눈부시게 반짝이는
햇살이 쏟아지고
그냥 가만히 있어도
빛나던 내가 있었는데…

벌도 나비도

어디론가 사라지고

해를 삼켜버린

잿빛 짙은 구름이 춤을 춘다

붉고 뜨거웠던 날

새털처럼 많았던 시간들

민들레 홀씨처럼

바람 속으로 흩어지고

구름에 가려진

길 위엔 눈물 같은

비가 내리기 시작했다

2018.3.30. 05:42

얄미운 겨울

파란 하늘은
맘씨 좋은 얼굴처럼
날이 좋은 듯 위장하여도
겨울의 찬바람은
칼날처럼 날카롭다
모두들 옷깃을 여미는
동장군의 기세에
한 귀퉁이 담벼락
따사롭게 내리는 햇살에
등대고 졸고 있는
애처로운 고양이 한 마리
좁은 햇빛 자리
네겐 감사한 거구나

잿빛 하늘은

금세라도 함박눈이

펑펑 내릴 것 같이 보여도

이곳의 잿빛 하늘

시침 딱 떼고 놀린다

눈발이 날리려나 빼꼼

하늘 한 번 올려다보고

손바닥 펴서 벌려보고

몽글몽글 소담한 눈 대신

툭툭 투두둑 떨어지는

서운한 빗방울에 후다닥

깜짝 놀라 달아나는

고양이 네가 바쁘구나

한파

햇살을 동반한
한낮의 겨울바람은
그래도 조금은
덜 깐깐하게 보였다
찬바람 속에 묻어온
햇볕의 따스함에
바람의 칼끝이
나를 베지 않았으니까…

어둠이 장악한
밤의 칼날 같은 바람은
쌀쌀맞게 굴었다
속살 안까지 파고와
나를 긴장하게 하고
바람에 베일까
내 몸을 사리며
문틈까지 막아 버린다

또 하루가 연다

아직은 미명도 잠든

컴컴한 새벽은

복면 쓴 괴한처럼

누군가는 쓰러뜨려야

할 것 같은 칼바람을

복병처럼 숨기며

어슬렁거리고 다닌다

나를 안아준다

넌 웃는 게 참 이뻐
난 웃는 게 참 이쁘단다
그래서 더 밝고
더 환하게 웃었다
내 안의 나는 울고 있는데…
무리 속의 나는 더 없이 밝게
빛나는 햇살처럼 웃고 있었다

넌 마음이 참 착해
내 마음이 참 착하단다
그래서 더 참고
더 많이 내주었다
내 안의 나는 맘이 아파도
누가 보는 나는 착해야 하니까
착한 마음과 나쁜 마음이 싸운다

넌 눈물이 참 많아

난 눈물이 참 많단다

시도 때도 없이

혼자일 땐 더 많이

내 안의 내가 죽을 거 같아서…

소리 내어 엉엉 울어 버린다

남은 눈물까지 쏟아내려고

글별이 쏟아지네 내 세상에서

내 안에 떠돌던
무수히 많았던
깨알 같은 이쁜 말들이
밤하늘에 별똥별처럼
슈우웅 하고 떨어지듯
내 손끝으로 떨어진다
밤하늘의 별들만큼
바닷가의 모래알처럼
알알이 톡톡 터지듯
담겨 있던 글들이…

내 머릿속을
동동 떠다녔던
글들은 이쁘게 척척
나란히 줄을 서서
내 손끝으로 나오지 않고
뒤죽박죽 쏟아진다

펜 끝이 지나갈 때마다
아리아의 멜로디처럼
스르르 미끄러진다
노트 위에 펜 끝으로…

상상하는
내 마음이 날아
내가 만든 세상에서
두 날개를 활짝 펴고
상상하는 대로 그려지고
밝았다 어두웠다
내 세상을 만들어 간다
천지창조의 신이 되어
내 맘대로 내 뜻대로
꿈의 색도 원하는 대로.

여자의 일생

꿈을 먹고
사랑을 노래하던
풋풋한 소녀

세상의 고된 삶에
환한 미소를 잃은
서글픈 여인

마음을 내려놓고
세상살이 비워보니
세월이 간다

순수한 그 미소
다시금 번져오니
나이는 그득하네

바람 속으로 세월을 보내며

한바탕 비바람이 지나고
우리는 젊은 날의
눈부셨던 시간과
묻힌 세월 속에
그리운 얼굴들을 이야기한다

청춘의 시간은 추억을 남기며
가슴에 깊이 새겨지고
꿈을 향해 달려왔던 삶이
별똥별처럼 떨어진다

술 한 잔에 눈물 한 방울
두 눈을 질끈 감고
톡 털어 목젖 안으로
밀어 넣는다
잠시 시간을 되돌려본다
반짝이던 소녀였던

나의 시간 속에 떠오르는 얼굴 하나
멀리서 훔쳐보며 애태우던
그 아이는 어디에 있을까
수많은 밤을 하얗게 보내며
가슴 설레게 했고
눈물을 흘리며 아파했던
나의 첫사랑아

시간이 흐르고
세월은 가고 또 오지만
그때 그 모습 그 마음은
스러지고 찾을 수가 없다

스산하게 불어대는 바람
그 바람이 많은
기억의 조각들을 쓸어간다
다시 한번 더 살라고
비워 내준다
모두가 만나면 헤어지고
그리고 다른 만남에
진실을 담고 살아간다
그저 가슴 한 편에 남아있는
희미한 기억 한 조각에

가끔은 서러운 듯이 울어도 보고
또 한 조각에 웃어도 본다

산다는 건
죽을 만큼 힘들지도 않고
상처에 아파 죽지도 않는데
혼자서 짊어지는 짐처럼
우울해하는 것일까

한잔 술에 약해진 마음
머릿속을 뱅뱅 떠도는
내 지난 세월이 바람 소리에
목을 놓고 울고 가는데…

빈 껍데기와 알맹이

눈을 돌려 보이는 곳
초점 잃은 시선은
마냥 벌겋기만 하다
기약 없는 헤어짐도 아닌데
요동치는 가슴은
이미 솟구치는 눈물로
깊은 바다가 되어버렸다

언젠가는 내 품에서
놓아주어 할 내 알맹이들
이제 정말 껍데기가 된다
세월은 흐르고 또 흐르는데
내게만 멈춘 듯이
시간 속에 갇히려 한다
흘러야 하고 열어야 한다

째깍거리는 시계 소리
나의 심장 소리가
느닷없이 달려간다
내주고 또 내주어도 모자란
집착 같은 사랑을
잠시만 모르는 척하고
다시 만날 것에 웃어본다

변덕스러운 마음

어제의 나는 슬프고
오늘의 나는 행복하다
아침의 나는 즐거워
노래 부르고
저녁의 나는 괴로워
눈물을 흘린다
산다는 건 고통일까
아니면 기쁨이고 감사한 걸까
마음 한쪽에 숨어 있다
툭 하고 튀어나오는
나의 우울증 같은 슬픔이
꼼지락꼼지락 기지개를 켠다

따갑게 쏟아지는
햇살에 찔려 아파하다
부드럽게 감싸 안는
바람이 덮어
수백 번도 더 변하는
심장이 죽어간다
희열을 느끼는 고통 속에
시시때때로 빗물 같은 눈물이
쏟아졌다 맑은 하늘에
쨍하고 햇살 번지듯
나의 변덕 같은 마음속에
사부작사부작 희망이 춤춘다

부모의 그늘

바람이 스쳐 운다
수없이 뻗어있는 가지들이
바르르 몸을 떨며
울면서 종알댄다
빗방울이 떨어진다
다닥다닥 붙어있던 잎새들
바들바들 떨어대며
더욱더 끌어안는다
햇살이 쏟아진다
수많은 나뭇잎 새로 비치는
은빛 물결 흔들릴 때
서로가 이쁘다고 한다

가지 많은 나무는
잔잔한 바람에도 흔들리고
포르르 실비에도
몸을 흔들어 댄다
뜨거운 햇볕에 탈까
있는 힘을 다해 큰 가지 뻗어
시원한 그늘 만들고
비지땀을 흘린다
바람에 구름 가고
강물이 수없이 새로 흘러도
커다란 버팀목은
언제나 그대로다

버스 정류장에서

버스 정류소 앞에 서 있는
커다란 느티나무는
언제부터 그곳에
있었는지는 몰라도
내가 고된 일을 시작하며
차를 타기 시작할 때부터
말없이 함께 나와 차를
기다려 주었다

바람이 산들 불어오면
옹기종기 모여있는
잎새들의 떨림에
나뭇잎 사이사이로
흔들리며 반짝이는 햇살과
사락사락 잎새 소리에
기다리는 시간조차
행복이었다

그곳을 내가 떠나와도

바람 소리 잎새 소리

도란도란 내게로

소식을 전해줄 거야

잠깐 동안 살았었던 그곳은

기억 속에 반짝이는

추억으로 자리하고

남게 되겠지

치매

슬펐던 기억도
행복했던 추억도
가슴에 하나 가득 차 있던
기쁨과 슬픔으로
오랜 세월 지나오며
아픈 상처에서 터진
뜨거운 눈물로 씻겨져
슬픈 시간들이 흘러내린다

가슴에 얹힌
삶의 무거운 바위도
가벼이 내려놓고
순수한 영혼으로
세상을 보던 그때로
시곗바늘을 뒤로 돌려
과거의 시간 속에 살려는 듯
모든 기억을 지우고

어린아이가 되어버린다

흐르는 세월에

삶의 애환을 담아

바람 속으로 흩어져

소중했던 추억까지도

흔적 없이 가슴에서

다 날리고 가버렸나 보다

더없이 환하게 웃고 있는

그 모습이 애처롭게 보인다

남포동에 어둠이 내린다

용두산 머리 위로
스멀스멀 땅거미가
내려앉으면
산등성이에는
어느새 거뭇거뭇
어둠이 몰려오고
수많은 사람과 음악이
밤의 시간 속으로 잠긴다

검은 장막 같은 어둠이
골목골목을 드리우면
방황하던 길손들
발걸음을 재촉하고
뜨거운 젊음에
비틀거리던 청춘은
비척비척 어둠 속으로
걸어 들어간다
눈을 멀게 할 것만 같은

머릿속까지 빙글빙글
어지럽게 반짝이던
밤의 네온사인들이
두 눈으로 스며들더니
따가웠던가
스르르 흐르는 눈물이
불빛에 빛이 난다

보름달

지난밤에는
어둡던 골목길과
골목 안 담벼락 밑에
이름 모를 풀꽃들이
외롭지 않았겠다
길을 잃을까
졸졸졸 엄마 뒤를 따라
편안하게 잠잘 곳을 찾는
고양이들의 가는 길이
어둡지도 않았겠다

빈 가슴 가득
차오르고 넘치게
빈 곳이 남지 않도록
그득히 채워가라고
보름달 떠올랐다
둥실 떠올라

따뜻한 마음이 들도록
혼자 가는 길 무섭지 않게
밤새도록 길을 비추며
길동무를 해주었다.

동지 팥죽

뽀오얀 새알 동동
김이 모락모락 나는
붉은 팥죽 안에 퐁당
숟가락 한입 푹 뜨니
꼴깍 침이 넘어간다
나 어릴 땐 엄마 손으로
손수 끓여주던 것들이
이제는 내가 해야 하니
그립구나 엄마 손맛…

아프지 않기를
안 좋은 일들은 가라
펄펄 끓는 팥죽 안에
울 엄마 사랑이 끓어
우리 남매 막아준다
이제는 내 사랑이 끓어
내 새끼들 잘되라 하며
동동동 길고 긴 밤에
추억들이 끓어간다

소풍 나온 삶처럼

물처럼 흐르는 세월 속에
수없이 많은 삶의 나날들
그 삶의 한 귀퉁이인
어느 가을날에
바람결에 흔들려 떨어지는
나뭇잎의 자유로운 방향처럼
나도 그냥 흘러갈 수 없었을까…

살다가 한 번씩 숨 쉬는 게
버겁도록 힘들다 생각이
무겁게 날 눌러와도
어느 봄날에
복사 꽃잎 바람에 꽃비처럼
하늘하늘 바람 따라 나린다면
나도 자리 깔고 누워 잠들고 싶은데…

시간과 공간이 교차하고
지금 이 순간이 미래도 되고

과거도 될 수가 있는
하나 된 시간
이 시간 속 공간에 머물다가
시들시들 재미없어지려 하면
이쪽에서 저쪽으로 건너갈 수 없을까…

이곳도 소풍이고 저곳도
소풍처럼 놀러 나온 거라면
놀이가 싫증이 나면
어느 삶 속에
새로이 시작되는 소풍 놀이
그렇게 마음대로 펼쳤다
접었다 할 수 있는 소풍 같은
삶이었으면 하여라…